Zur Kritik der Politischen

Karl Marx

Zur Kritik der Politischen Ökonomie
Vorwort

Ich betrachte das System der bürgerlichen Ökonomie in dieser Reihenfolge: Kapital, Grundeigentum, Lohnarbeit; Staat, auswärtiger Handel, Weltmarkt. Unter den drei ersten Rubriken untersuche ich die ökonomischen Lebensbedingungen der drei großen Klassen, worin die moderne bürgerliche Gesellschaft zerfällt; der Zusammenhang der drei andern Rubriken springt in die Augen. Die erste Abteilung des ersten Buchs, das vom Kapital handelt, besteht aus folgenden Kapiteln: 1. die Ware; 2. das Geld oder die einfache Zirkulation; 3. das Kapital im allgemeinen. Die zwei ersten Kapitel bilden den Inhalt des vorliegenden Heftes. Das Gesamtmaterial liegt vor mir in der Form von Monographien, die in weit auseinanderliegenden Perioden zu eigner Selbstverständigung, nicht für den Druck niedergeschrieben wurden, und deren zusammenhängende Verarbeitung nach dem angegebenen Plan von äußern Umständen abhängen wird.

Eine allgemeine Einleitung, die ich hingeworfen hatte, unterdrücke ich, weil mir bei näherem Nachdenken jede Vorwegnahme erst zu beweisender Resultate störend scheint, und der Leser, der mir überhaupt folgen will, sich entschließen muß, von dem einzelnen zum allgemeinen aufzusteigen. Einige Andeutungen über den Gang meiner eignen politisch-ökonomischen Studien mögen dagegen hier am Platz scheinen.

Mein Fachstudium war das der Jurisprudenz, die ich jedoch nur als untergeordnete Disziplin neben Philosophie und Geschichte betrieb. Im Jahr 1842/43, als Redakteur der "Rheinischen Zeitung", kam ich zuerst in die Verlegenheit, über sogenannte materielle Interessen mitsprechen zu müssen. Die Verhandlungen des Rheinischen Landtags über Holzdiebstahl und Parzellierung des Grundeigentums, die amtliche Polemik, die Herr von Schaper, damals Oberpräsident der Rheinprovinz, mit der "Rheinischen Zeitung" über die Zustände der Moselbauern eröffnete, Debatten endlich über Freihandel und Schutzzoll, gaben die ersten Anlässe zu meiner Beschäftigung mit ökonomischen Fragen. Andererseits hatte zu jener Zeit, wo der gute Wille "weiterzugehen" Sachkenntnis vielfach aufwog, ein schwach philosophisch gefärbtes Echo des französichen Sozialismus und Kommunismus sich in der "Rheinischen Zeitung" hörbar gemacht. Ich erklärte mich gegen diese Stümperei, gestand aber zugleich in einer Kontroverse mit der "Allgemeinen Augsburger Zeitung" rundheraus, daß meine bisherigen Studien mir nicht erlaubten, irgendein Urteil über den Inhalt der französichen Richtungen selbst zu wagen. Ich ergriff vielmehr begierig die Illusion der Geranten der "Rheinischen Zeitung", die durch schwächere Haltung des Blattes das über es gefällte Todesurteil rückgängig machen zu können glaubten, um mich von der öffentlichen Bühne in die Studierstube zurückzuziehen.

Die erste Arbeit, unternommen zur Lösung der Zweifel, die mich bestürmten, war eine kritische Revision der Hegelschen Rechtsphilosophie, eine Arbeit, wovon die Einleitung in den 1844 in Paris herausgegebenen "Deutsch-Französichen Jahrbüchern" erschien. Meine Untersuchung mündete in dem Ergebnis, daß Rechtsverhältnisse wie Staatsformen weder aus sich selbst zu begreifen sind noch aus der sogenannten allgemeinen Entwicklung des menschlichen Geistes, sondern vielmehr in den materiellen

Lebensverhältnissen wurzeln, deren Gesamtheit Hegel, nach dem Vorgang der Engländer und Franzosen des 18. Jahrhunderts, unter dem Namen "bürgerliche Gesellschaft" zusammenfaßt, daß aber die Anatomie der bürgerlichen Gesellschaft in der politischen Ökonomie zu suchen sei. Die Erforschung der letztern, die ich in Paris begann, setzte ich fort zu Brüssel, wohin ich infolge eines Ausweisungsbefehls des Herrn Guizot übergewandert war. Das allgemeine Resultat, das sich mir ergab und, einmal gewonnen, meinen Studien zum Leitfaden diente, kann kurz so formuliert werden: In der gesellschaftlichen Produktion ihres Lebens gehen die Menschen bestimmte, notwendige, von ihrem Willen unabhängige Verhältnisse ein, Produktionsverhältnisse, die einer bestimmten Entwicklungsstufe ihrer materiellen Produktivkräfte entsprechen. Die Gesamtheit dieser Produktionsverhältnisse bildet die ökonomische Struktur der Gesellschaft, die reale Basis, worauf sich ein juristischer und politischer Überbau erhebt und welcher bestimmte gesellschaftliche Bewußtseinsformen entsprechen. Die Produktionsweise des materiellen Lebens bedingt den sozialen, politischen und geistigen Lebensprozeß überhaupt.

Es ist nicht das Bewußtsein der Menschen, das ihr Sein, sondern umgekehrt ihr gesellschaftliches Sein, das ihr Bewußtsein bestimmt. Auf einer gewissen Stufe ihrer Entwicklung geraten die materiellen Produktivkräfte der Gesellschaft in Widerspruch mit den vorhandenen Produktionsverhältnissen oder, was nur ein juristischer Ausdruck dafür ist, mit den Eigentumsverhältnissen, innerhalb deren sie sich bisher bewegt hatten. Aus den Entwicklungsformen der Produktivkräfte schlagen diese Verhältnisse in Fesseln derselben um. Es tritt dann eine Epoche sozialer Revolution ein. Mit der Veränderung der ökonomischen

Grundlage wälzt sich der ganze ungeheure Überbau langsamer oder rascher um. In der Betrachtung solcher Umwälzungen muß man stets unterscheiden zwischen der materiellen, naturwissenschaftlich treu zu konstatierenden Umwälzung in den ökonomischen Produktionsbedingungen und den juristischen, politischen, religiösen, künstlerischen oder philosophischen, kurz, ideologischen Formen, worin sich die Menschen dieses Konflikts bewußt werden und ihn ausfechten. Sowenig man das, was ein Individuum ist, nach dem beurteilt, was es sich selbst dünkt, ebensowenig kann man eine solche Umwälzungsepoche aus ihrem Bewußtsein beurteilen, sondern muß vielmehr dies Bewußtsein aus den Widersprüchen des materiellen Lebens, aus dem vorhandenen Konflikt zwischen den gesellschaftlichen Produktivkräften und Produktionsverhältnissen erklären.

Eine Gesellschaftsformation geht nie unter, bevor alle Produktivkräfte entwickelt sind, für die sie weit genug ist, und neue höhere Produktionsverhältnisse treten nie an die Stelle, bevor die materiellen Existenzbedingungen derselben im Schoß der alten Gesellschaft selbst ausgebrütet worden sind. Daher stellt sich die Menschheit immer nur Aufgaben, die sie lösen kann, denn genauer betrachtet wird sich stets finden, daß die Aufgabe selbst nur entspringt, wo die materiellen Bedingungen ihrer Lösung schon vorhanden oder wenigstens im Prozeß ihres Werdens begriffen sind.

In großen Umrissen können asiatische, antike, feudale und modern bürgerliche Produktionsweisen als progressive Epochen der ökonomischen Gesellschaftsformation bezeichnet werden. Die bürgerlichen Produktionsverhältnisse sind die letzte antagonistische Form des gesellschaftlichen Produktionsprozesses, antagonistisch nicht im Sinne von individuellem Antagonismus, sondern eines aus den gesellschaftlichen Lebensbedingungen der Individuen hervorwachsenden Antagonismus, aber die im Schoß der bürgerlichen Gesellschaft sich entwickelnden Produktivkräfte schaffen zugleich die materiellen Bedingungen zur Lösung dieses Antagonismus. Mit dieser Gesellschaftsformation schließt daher die Vorgeschichte der menschlichen Gesellschaft ab.

Friedrich Engels, mit dem ich seit dem Erscheinen seiner genialen Skizze zur Kritik der ökonomischen Kategorien (in den "Deutsch-Französichen Jahrbüchern") [Marx-Engels-Werke Band 1, Seite 499 ff, "Umrisse zu einer Kritik der Nationalökonomie"] einen steten schriftlichen Ideenaustausch unterhielt, war auf anderm Wege (vergleiche seine "Lage der arbeitenden Klasse in England") [Marx-Engels-Werke, Band 2, Seite 225 ff] mit mir zu demselben Resultat gelangt, und als er sich im Frühling 1845 ebenfalls in Brüssel niederließ, beschlossen wir, den Gegensatz unsrer Ansicht gegen die ideologische der deutschen Philosophie gemeinschaftlich auszuarbeiten, in der Tat mit unserm ehemaligen philosophischen Gewissen abzurechnen. Der Vorsatz ward ausgeführt in der Form einer Kritik der nachhegelschen Philosophie. Das Manuskript ["Die deutsche Ideologie", Marx-Engels-Werke, Band 3, Seite 9 ff], zwei starke Oktavbände, war längst an seinem Verlagsort in Westphalen angelangt, als wir die Nachricht erhielten, daß veränderte Umstände den Druck nicht erlaubten. Wir überließen das Manuskript der nagenden Kritik der Mäuse um so williger, als wir unsern Hauptzweck erreicht hatten - Selbstverständigung. Von den zerstreuten Arbeiten, worin wir damals nach der einen oder andern Seite hin unsere Ansicht dem Publikum vorlegten, erwähne ich nur das von Engels und mir gemeinschaftlich verfaßte "Manifest der

Kommunistischen Partei" und einen von mir veröffentlichten "Discours sur le libre échange" ["Rede über den Freihandel", Marx-Engels-Werke, Band 4, Seite 444 ff]. Die entscheidenden Punkte unsrer Ansicht wurden zuerst wissenschaftlich, wenn auch nur polemisch, angedeutet in meiner 1847 herausgegebenen und gegen Proudhon gerichteten Schrift "Misère de la philosophie etc." ["Das Elend der Philosophie", Marx-Engels-Werke, Band 4, Seite 63 ff]. Eine deutsch geschriebene Abhandlung über die "Lohnarbeit" ["Lohnarbeit und Kapital", Marx-Engels-Werke Band 6, Seite 397 ff], worin ich meine über diesen Gegenstand im Brüsseler Deutschen Arbeiterverein gehaltenen Vorträge zusammenflocht, wurde im Druck unterbrochen durch die Februarrevolution und meine infolge derselben stattfindende gewaltsame Entfernung aus Belgien.

Die Herausgabe der "Neuen Rheinischen Zeitung" 1848 und 1849 und die später erfolgten Erkenntnisse unterbrachen meine ökonomischen Studien, die erst im Jahr 1850 in London wieder aufgenommen werden konnten. Das ungeheure Material für Geschichte der politischen Ökonomie, das im British Museum aufgehäuft ist, der günstige Standpunkt, den London für die Beobachtung der bürgerlichen Gesellschaft gewährt, endlich das neue Entwicklungsstadium, worin letztere mit der Entdeckung des kalifornischen und australischen Goldes einzutreten schien, bestimmten mich, ganz von vorn wieder anzufangen und mich durch das neue Material kritisch durchzuarbeiten.

Diese Studien führten teils von selbst in scheinbar ganz abliegende Disziplinen, in denen ich kürzer oder länger verweilen mußte. Namentlich aber wurde die mir zu Gebot stehende Zeit geschmälert durch die gebieterische Notwendigkeit einer Erwerbstätigkeit. Meine nun achtjährige Mitarbeit an der ersten englisch-amerikanischen Zeitung, der "New-York Tribune", machte, da ich mit eigentlicher Zeitungskorrespondenz mich nur ausnahmsweise befasse, eine außerordentliche Zersplitterung der Studien nötig. Indes bildeten Artikel über auffallende ökonomische Ereignisse in England und auf dem Kontinent einen so bedeutenden Teil meiner Beiträge, daß ich genötigt ward, mich mit praktischen Details vertraut zu machen, die außerhalb des Bereichs der eigentlichen Wissenschaft der politischen Ökonomie liegen.

Diese Skizze über den Gang meiner Studien im Gebiet der politischen Ökonomie soll nur beweisen, daß meine Ansichten, wie man sie immer beurteilen mag und wie wenig sie mit den interessierten Vorurteilen der herrschenden Klassen übereinstimmen, das Ergebnis gewissenhafter und langjähriger Forschung sind. Bei dem Eingang in die Wissenschaft aber, wie bein Eingang in die Hölle, muß die Forderung gestellt werden:

Qui si convien lasciare ogni sospetto
Ogni viltà convien che qui sia morta.

[Hier mußt Du allen Zweifelmut ertöten,
Hier ziemt sich keine Zagheit fürderhin;
aus: Dante: "Göttliche Komödie"]

London, im Januar 1859
Karl Marx